ぼくらのうた

石原一輝 詩
加藤真夢 絵

もくじ

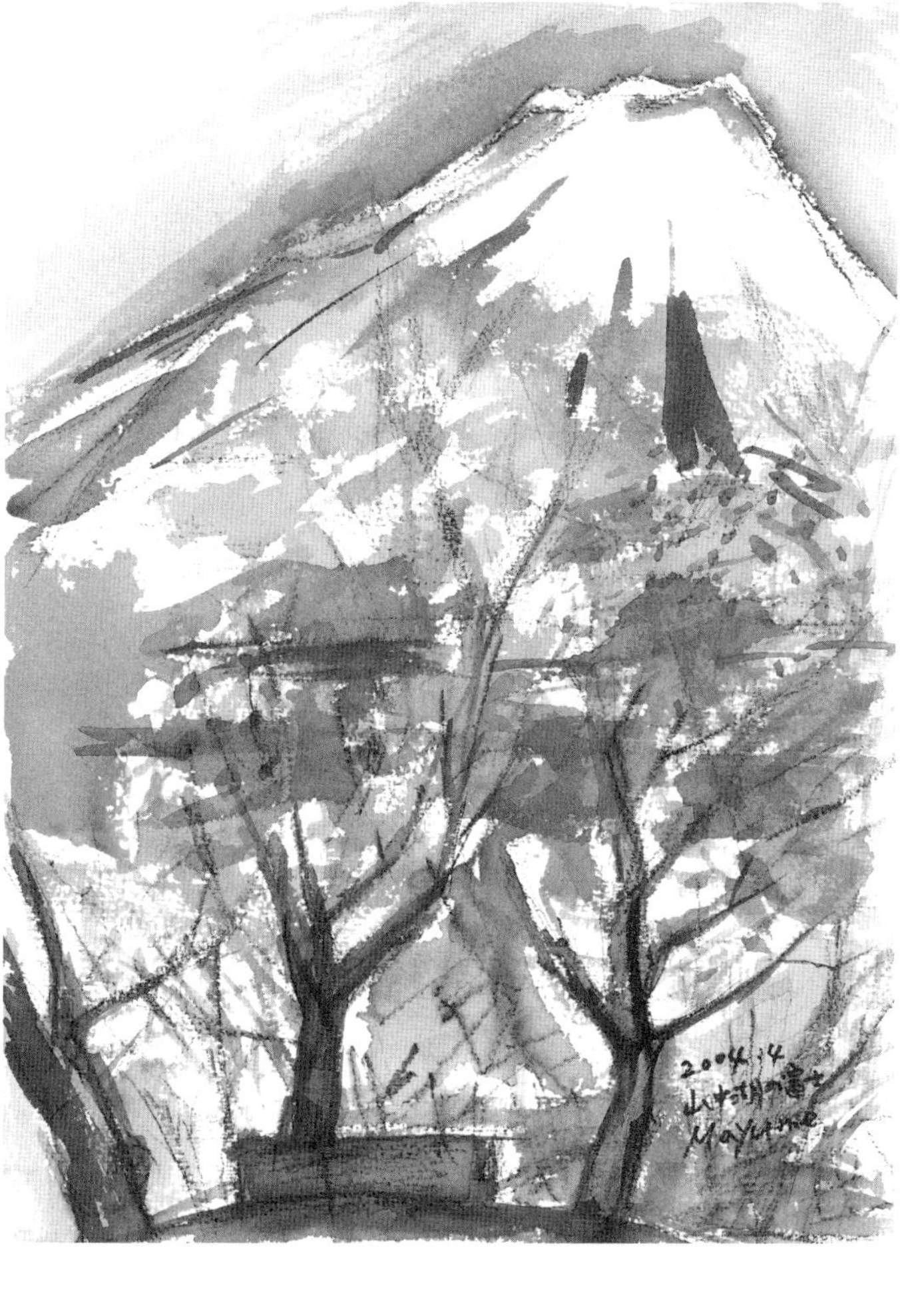

目次

ぼくらのうた

ぼくらのうた

宙《そら》をうたう
風をうたう
今をうたう
希望をうたう

喜《よろこ》びや悲しみ
勇気や涙
それはみんな
ぼくらのうた

だってそれは
ぼくらのすべて
いきているうた

愛をうたう
夢をうたう
友をうたう
明日《あした》をうたう

苦しみや幸《しあわ》せ
未来や心
それはみんな
ぼくらのうた

だからうたう
ぼくらのすべて
ひとつのうた

出会いのとき

風がやさしい桜の並木《なみき》
空からは光のおくりもの
ぼくらはいま新しい門をくぐり
出会いのときをむかえる

初めてのできごとはいつも
ドキドキとワクワクのくみあわせ
手品《てじな》のようにふしぎなきもち

たねあかしはなくっても
ぼくらはもうわかってるんだ
たくさんのともだちができること

やわらかそうな緑の若葉《わかば》
つぎつぎと青空めざしてる
ぼくらはいま新しい道をあるき
出会いのときがはじまる

うれしくてこころのボールが
はずんだりおどったりいそがしい
手品のようにふしぎな時間

たねあかしはいらないよ
ぼくらはもうわかってるんだ
たくさんのともだちにあえること

音がする

音がする
ぼくの心のなかで
いのちの鼓動《こどう》が
時計のように
きそくただしく
あふれてくる
いきている響《ひび》きだ

音がする
ぼくのなみだの音が

やさしい鼓動が
かなしい闇《やみ》の
そこのほうから
きこえてくる
いきてきた響きだ

音がする
ぼくのからだで深く
しずかな鼓動が
あらたな年に
きらめきながら
のぼってくる
いきてゆく響きだ

水平線《すいへいせん》のしたで

大切なものが　流れた
青い海の　どこか遠くに

だけど　ぼくはおもう
すべてのものが　海のなかで
きっと　手をとりあい

あの水平線のしたで　きらめき
よんでいる　忘《わす》れないでと

いとなむ日々《ひび》が　流れた
深い海の　はるか彼方《かなた》に

だけど　ぼくはおもう
すべてのものが　海のなかで
ずっと　消えはしない

あの水平線のしたで　いきてる
いつまでも　覚《おぼ》えていてと

My Song《マイ　ソング》

山道《やまみち》をのぼる
いっぽいっぽふみしめて
森に風がふき
鳥の声がやさしい

からだも心もいやされ
思いでの日々が
いくつもうかんでくる

峠《とうげ》でうたう　My Song
こもれびのなか
微笑《ほほえ》みがわく

渓谷《けいこく》のみちを
ゆっくりとおりてゆく
沢《さわ》のせせらぎが
近くにきこえてくる

ひたいに汗《あせ》をながして
ふりかえる緑
雲間《くもま》にまぶしい空

帰りにうたう　My　Song
かろやかにいく
石ころのみち

たいせつなひとり

きみの心は　ひとつだけ
きみがもってる　たいせつなもの
まねのできない　きみのもの
ひとつしかない　たからもの

きみもぼくも　ひとりだけ
おなじひとりは　どこにもいない
かけがえのない　ひとりだけ
世界のなかで　とうといひとつ

きみの心の　なかにある
きみにしかない　たいせつなもの
だれともちがう　きみのもの
ひとつしかない　たからもの

きっとみんな　ひとりだけ
きみのかわりは　どこにもいない
くりかえせない　ひとりだけ
世界でひとつ　とうといひとり

つながりあえる

どこかの国で　生まれたきみも
どこかの国に　住んでるきみも

ひとつの星の　地球のうえで
たがいに　名前は知らないけれど
心と心が　もし結《むす》べたら
きっとぼくらは　つながりあえる

だれかが涙を　ぬぐっても
かなしい日々が　つづいても
心の糸を　すぐにつなげて
はなしができる　つながりあえる

どこかの町で　学んだきみも
どこかの町を　旅立《たびだ》つきみも

ひとつの星の　世界のなかで
それぞれ　言葉はちがっていても
心と心が　もし出会えたら
いつかぼくらは　つながりあえる

どこかで幸せ　つかまえて
だれかがほほえむ　そのときは
心の糸を　すぐにつなげて
えがおになれる　つながりあえる

せいいっぱい

ぼくらは　歩いている
生命《いのち》という　勇気をもらって
たがいに　助けあいながら

じぶんの　喜びだけでなく
友の笑顔が　うかぶよう
心と心を　つなぎあい
うたおう　今日《きょう》をせいいっぱい

夢はそれぞれ　ちがっても
ぼくらはいまを　生きてるひかり
一緒《いっしょ》に未来を　てらしていける

ぼくらは　歩いている
希望という　はるかなみちを
たがいに　支《ささ》えあいながら

じぶんの　幸せだけでなく
友の気持を　かんがえて
悩《なや》みの種《たね》を　分かちあい
うたおう　明日《あした》もせいいっぱい

夢はそれぞれ　ちがっても
ぼくらはいまを　生きてるひかり
一緒に未来へ　すすんでいける

勇気の鍵《かぎ》

さがそうよ
未来へのドアは
きみの心のなかにあるよ

ガラスのドア
木製《もくせい》のドア
それとも鉄のドア

どんなに厚《あつ》いドアでも
かならず開くはずさ
きみがもっている
勇気の鍵で

みつけよう
明日《あした》へのドアは
きみの心のおくにあるよ

涙のドア
悲しみのドア
はるかな夢のドア

なにかを始めるために
いつかは思い切ろう
きみも開《あ》けにいけ
自分の鍵で

大きくなる

生まれたときを
ぼくはしらない
人の言葉も人のかおも
なにもしらない

何をかんがえ
生まれてきたのか
だれもしらない

それは生きたかったから
きっと大きくなりたかったから

生まれたときを
ぼくはしらない
これから出会う友のことも
なにもしらない

何をさがしに
生まれてきたのか
だれもしらない

それは生きたかったから
きっと大きくなりたかったから

わたしの朝

おだやかに　めざめる朝
きのう流した涙を　すこしだけ
どこかへ　忘れさせてくれる
あたらしい　光りに出会って

なにか　きらめくような景色《けしき》は
心が　よみがえるから
きのうの気持を　ほぐしていく
すみきった　わたしの朝

さわやかな　ひざしの朝
たまった悩《なや》みも　できるなら
いつかは　消えてほしいけれど
あたらしい　今日をむかえて

なぜか　羽ばたくような思いは
心が　あらわれるから
しらない明日《あした》を　さがしにいく
いつまでも　わたしの朝

あかるいリズム

ひざしを浴《あ》びて　かけてゆく
きみの足音　はずんでる
心で感じる　あかるいリズム

みんなに伝《つた》わり　ひとつになれば
笑顔と笑顔が　こだまして
クラスにたのしい　風がふく

さみしがりやは　もういない
ひとりぼっちは　かなしいからね
みんなで歩く　みんなのクラス

くちぶえ吹《ふ》いて　あるいてく
きみのその歌　ひびいてる
心が聞いてる　あかるいリズム

みんなが輪《わ》になり　なかよくなれば
笑顔と笑顔が　よりそって
クラスがやさしい　部屋《へや》になる

おぼえたことを　わけあって
しらないことは　おしえてあげて
みんなで進む　みんなのクラス

がんばる気持ち

コスモスが風にゆれるのは
だいじな花をまもりたいから
ぼくらがグラウンドをまわるのは
ゴールまで走り切りたいから

ころんでも立ちあがるのは
じぶんをしっかり励《はげ》ましたいから
くちびるを噛《か》みしめるのは
がんばる気持ちがわいてくるから

たんぽぽが種《たね》をとばすのは
いのちを次につなぎたいから
ぼくらが知らないことを学ぶのは
さがしてる夢にあいたいから

しっぱいを越《こ》えていくのは
じぶんの勇気をたしかめたいから
くやしさをこらえてるのは
がんばる気持ちをつくりたいから

永遠《えいえん》の鼓動《こどう》

雪どけの大地
きみが立っている大地
さわってごらん
耳をすましてごらん

きこえてくるよ
いのちの生まれる音が

あっちからもこっちからも
いきている地球の
新しい永遠の鼓動だよ

草芽《くさめ》ぶく大地
きみが走っていく大地
かんじてごらん
瞳《ひとみ》をとじてごらん

きこえてくるよ
いのちをはぐくむ音が

土のなかから水のなかから
いきている地球の
限《かぎ》りない永遠の奇跡《きせき》だよ

いい日にしようね

空に太陽がのぼり
人びとのざわめく声
きのうをぬぎすてて
あたらしい一日がはじまる

空気が入れかわり
からだも心もめざめてくる
きょうもみんなで
いい日にしようね

屋根《やね》に鳥たちがとまり
にぎやかにさえずる声
ひざしがひろがって
あたらしい青空がはじまる

時間が入れかわり
いつものぼくらが戻《もど》ってくる
きょうもみんなで
いい日にしようね

あしたのこども

さざ波《なみ》ひかる　砂浜《すなはま》かけて
空みあげれば　白い雲
ふわりキラリと　浮《う》かんでる
くやし涙も　かわいてく

風とはしれば　こころもキラリ
笑う力が　わいてくる

夢をもとうよ　夢をもとうよ
君ももてるよ　きっともてるよ
ぼくらはみんな　あしたのこども

夕日がしずむ　砂浜かけて
海見つめれば　赤い波
ゆらりキラリと　ひかってる
いっしょに走る　帰りみち

風にむかえば　こころにキラリ
少し勇気が　わいてくる

夢をもとうよ　夢をもとうよ
君ももてるよ　きっともてるよ
ぼくらはみんな　あしたのこども

地球ぐみ

おおきな宇宙《うちゅう》を
まわる星
みどりのクラス
まあるいクラス

おはようげんきな
地球ぐみ

みんながだいすき
やさしいクラス
じまんのクラス

はるかな宇宙で
ひかる星
ぼくらのクラス
わたしのクラス

あかるいえがおの
地球ぐみ

みんなでつくろう
たのしいクラス
あしたのクラス

季節《きせつ》の風

風がふく　田畑に
風がふく　いつもの
季節の風と　語《かた》らいながら
人は仕事に　精《せい》をだす
明日《あす》の準備《じゅんび》に　汗をかく

風がふく　野山《のやま》に
風がふく　どこかで
季節の風を　味《あじ》わいながら

人は暮らしを　整《ととの》える
今日一日を　振《ふ》りかえる

風がふく　夜空に
風がふく　はるかに
季節の風に　癒《いや》されながら
人は何かを　考える
いつか未来の　夢をみる

世界はきみと

きみは　知っているね
世界が　ひろいことを

だけど　はるかな遠い地で
まぶしい空を　みあげている
きっと　そんな友がいる

おおきな海に　思いを馳《は》せる
おなじ心の　友がいる

大地がきみを　つなげている
世界はきみと　つながっている

きみは　知っているね
世界が　ひろいことを

だけど　見知らぬその街《まち》で
じぶんの夢を　めざしている
きっと　そんな友がいる

みんなと歌を　響《ひび》かせている
おなじ瞳の　友がいる

地球がきみを　つなげている
世界はきみと　つながっている

たびだちの季節《きせつ》

青空をかくして
満開《まんかい》のサクラ
太陽がのぼれば
心にも春のひかり

よろこびが湧《わ》きあがる
緑かがやく季節

なにかをさがして
はじめようよ
地球がくれたこの季節
たびだちの季節

木枯《こが》らしはすぎ去り
あたたかな空気
微笑《ほほえ》みがこぼれて
心にも春のひざし

さわやかに風そよぐ
生命《いのち》うまれる季節

ためしてみようよ
はじめてだって
地球とまわるこの季節
たびだちの季節

あるきだす準備《じゅんび》

よろこびは　いつでも
思いがけず　やってくる

悲しみが　ふかくても
鳥が大空　とびかうように
きみも勇気に　つばさをつけて
あるきだす　準備をしよう

大丈夫《だいじょうぶ》だよ　しんぱいしないで
ふみだす気持を　きみはもってる
未来は　きえはしないさ

くるしみは　いつでも
しらずしらず　過《す》ぎてゆく

寂《さび》しさは　つらいけど
風に緑が　たえぬくように
きみも自信に　つばさをつけて
あるきだす　準備をしよう

大丈夫だよ　しんぱいしないで
ふみだす気持を　きみはもってる
未来は　きえはしないさ

またあおうね

毎日かよった　このみち
だけどもう　別《わか》れの時がきたね
青く広がる　この空のように
きみとの思い出は　はてしない

悩《なや》んだことも　あったけれど
あきらめないで　支《ささ》えあったこと
卒業《そつぎょう》しても　忘れないよ
ありがとう　またあおうね

昨日《きのう》もとおった　このみち
いつかまた　一緒《いっしょ》に来てみたいね
遠くまぶしい　あの海のように
きみとの思い出は　かぎりない

迷《まよ》ったときも　あったけれど
はげましあって　助けあったこと
卒業しても　忘れないよ
ありがとう　またあおうね

ぼくらであれ

きみが　きみで　あるように
ぼくが　ぼくで　あるように
みんなが　みんなで　あればいい

泣いたり笑ったり　ケンカもしたり
前にいったり　立ち止まったり
ときには激《はげ》しく　叫《さけ》んだり

ぼくらは　ぼくらのままでいい
ぼくらは　ぼくらであればいい

きみが　きみで　あるように
ぼくが　ぼくで　あるように
みんなが　みんなで　あればいい

書いたり創《つく》ったり　しっぱいしたり
振《ふ》りかえったり　助けあったり
うれしい涙が　あふれたり

ぼくらは　ぼくらのままでいい
ぼくらは　ぼくらであればいい

スタンバイOK《オーケー》

雨上がりの空に
虹の橋がうつくしい
渡《わた》ってみたい
七色《なないろ》の夢をだいて

未来へ架《か》かる橋なら
何もいとわずに
ぼくらはすぐに旅立てる
まだ見ぬ希望へ向かい
スタンバイOK

風吹きゆく海に
白い飛沫《しぶき》まいあがる
渡っていこう
七色の波をこえて

明日《あした》へ向かう船なら
不安はいらない
ぼくらはすぐに旅立てる
こころに汽笛《きてき》を鳴らし
スタンバイＯＫ

はじめてみよう

すだちの鳥が　いま
あおい空に　むかって
ひとみを　こらしている

ぼくらも学び　語りあったね
たがいの夢は　ちがっても
たどりつく日を　さがして

きみも持ってる　力をだせば
その日がくるまで　あるいていける
ぼくらはいつも　しんじている
いつからでも　はじめられることを

とびたつ鳥は　いま
向かい風を　うけとめ
つばさを　ひろげている

ぼくらも集《つど》い　話しあったね
ねがいは遠く　はるかでも
たどりつく日を　めざして

きみも持ってる　勇気をだせば
その日がくるまで　あるいていける
ぼくらはいつも　しんじている
いまからでも　はじめられることを

げんきでね

風のむきがかわり
時はたゆまずうごき
朝はおなじようにやってくる

今日が別れの日なんて考えられないけど
いつものように始まった一日も
もうすぐ終わってしまう

淋《さび》しいけどみんなのことは忘れない
たくさんの思いで優《やさ》しさをありがとう
またあえる日までげんきでね

空は青くひろく
雲がときどきながれ
何も変わってないはずなのに

今日が最後の授業《じゅぎょう》になってしまうなんて
しんじられずに過ぎて行く一日も
もうすぐ終わってしまう

辛《つら》いときはみんなの顔をおもいだす
たくさんの幸せ励《はげ》ましをありがとう
またあえる日までげんきでね

あの夢《ゆめ》はいま

うかんでは消えるいくつもの夢
つかまえられず離《はな》したけれど
もういちど追いつきたい
遠くにいってしまうまえに

夢をみることの大切さが
すこしわかってきたぼくに
あの夢は言ってくれるだろうか
きみに出会ってよかったと

どこにいったのかわすれてた夢
心のすみにあるはずだけど
そばに来てもらえるなら
おそれず向かいあってみたい

夢をみることの必要さが
すこしわかってきたぼくに
あの夢は言ってくれるだろうか
きみを信じてよかったと

朝のひかり

まぶしい　朝のひかり
それは　大地の
あしたへの　道をてらす
はじまりの　いぶき

わたしも　光りをあびて
わたしの　きめた道を
しっかりと　あるこう
あこがれを　胸にいだいて

きらめく　朝のひかり
それは　地球の
あしたへの　旅をかざる
もえあがる　おもい

わたしも　光りのなかを
わたしの　道をしんじ
まよわずに　すすもう
はてしない　夢であろうと

future《フューチャー》

よろこびは　いつも
楽しさを　かんじたとき
なにかを　成《な》しとげたとき
心に　あふれてくる

誰もがみんな　きっとおもう
あたらしい　ページをめくって
つぎの世界を　追いかけていきたい

ｆｕｔｕｒｅ　夢ではない
ｆｕｔｕｒｅ　さがしにゆく

かなしみは　いつも
苦しみを　かんじたとき
ひとりで　悩《なや》んでいるとき
心に　にじんでくる

誰もがみんな　きっとねがう
のりこえた　ページのむこうに
つぎの世界が　待っててくれること

ｆｕｔｕｒｅ　夢をつなぐ
ｆｕｔｕｒｅ　かなえられる

えがおの花を

ひとり　ひとりの
しあわせを　あつめて
えがおの花を　咲かそう
ひとつ　ひとつの
しあわせの　蕾《つぼみ》を　たいせつに

あしたの世界も　あたたかい
えがおの花が　あふれたら
きっと　地球は　かがやいて
あかるい心で　まわるでしょう
宇宙に光る　宝石のように

ひとり　ひとりの
よろこびを　あつめて
えがおの花を　咲かそう
ひとつ　ひとつの
よろこびの　花弁《はなびら》　ふるわせて

みらいの世界も　うつくしい
えがおの花が　ひらいたら
きっと　地球は　おだやかに
やさしい心で　まわるでしょう
宇宙にうかぶ　灯《ともしび》のように

空をみあげて

あの道ばたのあの花は
ずっとずっと昔から
なんども咲いてきたんだろう
誰かに踏《ふ》まれたつらい日も
きっとあったにちがいない

そんなことは忘れたように
風にゆられて咲いている
季節をこえてあの花は
これから先もこの道で
空をみあげて咲くのだろう

名前も知らぬあの花は
それはそれはたくさんの
時間を過ごしてきたんだろう
はげしい風雨《ふうう》に耐《た》えながら
じっとまったにちがいない

だけど何もなかったように
そこで静かに咲いている
じぶんの力であの花は
これから先もこの場所で
いのちの限《かぎ》り咲くのだろう

まわっている

はるか彼方《かなた》の　昔から
ずっとずっと　まわっている

つぼみは開き　花をさかせ
種をつくり　つぎの命《いのち》へ
くりかえし　まわりつづける

時間は　まわっている
歴史《れきし》は　まわっている
ぼくらは　まわっている

あたらしい世界が　つぎの世界を
つくりつづけるように

ながい世紀《せいき》を　永遠《えいえん》に
ずっとずっと　まわっている

みどりは育ち　葉をおとし
土にもどり　つぎの命へ
くりかえし　まわりつづける

時代は　まわっている
地球は　まわっている
ぼくらは　まわっている
あたらしい未来が　つぎの未来へ
まわりつづけるように

よみがえる

つめたい　風がやみ
季節が少しずつ　かわってゆく
太陽の光りが　瞳のなかに
まぶしく　さしこんでくる

空も山も大地も　ひとつになり
若葉は芽《め》ばえ　萌《も》えあがる

ぼくらの　生まれた　ふるさとよ
つきぬ生命《いのち》よ　よみがえれ
あの日の風が　またふくように

ちいさな　水がわき
落ち葉を湿《しめ》らせて　ながれていく
新しい時間が　目覚《めざ》めはじめて
ゆっくり　ひろがってゆく

町も村も景色も　ひとつになり
家族のように　結びあう

ぼくらの　生きてる　ふるさとよ
つきぬ生命よ　よみがえれ
あの日の花が　またさくように

星のやくそく

むかし　むかし
土をつくった　星がある
むかし　むかし
花をつくった　星がある
ぼくらがうまれた　この地球

夜空にきらめく　なかまたち
これからさきも　みていてほしい
やさしい風《ま》に　いだかれて
みんなに負けない　星になる

むかし　むかし
川をつくった　星がある
むかし　むかし
谷をつくった　星がある
ぼくらがいきてる　この地球

宇宙にまたたく　なかまたち
これからさきも　ともだちだから
やくそくするよ　うつくしい
みんなに負けない　星になる

凪の証《あかし》

空を駆《か》ける　あの凪は
なにをみつめて　走るのか
透明《とうめい》なひかりの　波のなかを

ときにはやさしく　うたい
ときには緑と　あそんで

それは　いきている証
希望にむかう　ぼくらのように
いつも未来へ　羽ばたいている

空を渡る　あの風は
なににヒラメキ　走るのか
無限《むげん》におわらぬ　時のなかを

ときにははげしく　おどり
ときには涙を　いやして

それは　いきてきた証
明日《あした》をさがす　ぼくらのように
きっと未来の　夢をみている

いまは小さいけれど

いま夜があけ　霧《きり》のあいだから
あかるい太陽が　きらめくように

この星で　うまれた生命《いのち》は
だれでも　光りかがやき
自然にまもられ　育ってゆく

いまは小さいけれど　夢をもちながら
おなじ時間を　歩いていこう
足音ひびかせ　歩いていこう

いま蝶《ちょう》がとび　風とたわむれて
やさしい草花《くさばな》と　いきぬくように

この星の　すべての生命が
ひとしく　愛し愛され
宇宙とつながり　育ってゆく

いまは小さいけれど　夢にとどくまで
おなじ時代を　歩いていこう
心をつないで　歩いていこう

あとがき

一冊の詩集に纏めてみますと、類似したテーマ、内容になってしまいましたが、それぞれ独立した作品としてご覧いただけましたら幸いです。

出版にあたり、銀の鈴社の皆様には大変お世話になりました。厚く御礼申し上げます。

ちいさな釣《つ》り師《し》

あぜ道に挟《はさ》まれた
ちいさな川が
僕の釣り場だ

紫色の露草《つゆくさ》が咲いて
波に揺《ゆ》れているあたりに
篠竹《しのだけ》の先につけた釣り糸を
そうっと垂《た》らす
もうそこは
僕の宇宙《うちゅう》だ
ちいさな川が
僕の全《すべ》てだ
何も聞こえない
僕ひとりの世界だ

ゆらゆら動いている

ウキの頭だけが
僕の瞳のなかに映《うつ》っている

太陽が空の真上《まうえ》にきて
ほんとうなら
畳《たたみ》の上にゴロゴロと
寝《ね》そべっている時間だが

暑《あつ》い夏の季節になると
いそいそとここに来る
麦《むぎ》わら帽子《ぼうし》をかぶり
手拭《てぬぐ》いを首にまいて

魚籠《びく》と餌箱《えさばこ》を腰に吊《つ》るし
スタスタと
脇目《わきめ》もふらずに
あぜ道を歩きながら
この川にくる

名もないちいさな川で
無心《むしん》にハヤを釣る
一面の稲穂《いなほ》のなかで
僕の姿はきっと
一枚の風景画《ふうけいが》のなかに
溶《と》け込《こ》んでいたに違《ちが》いない

小学校一年生
ちいさな釣り師だ

今も僕の心のなかには
澄《す》んだ川が流れる
魚の姿が見える

二〇一五年　五月
石原一輝

石原一輝（いしはら　かずてる）

1945年山梨県生まれ。日本児童文芸家協会創作童謡最優秀賞、毎日童謡賞、三木露風賞、日本創作童謡コンクール各優秀賞、その他を受賞。

音楽教科書（教育芸術社・東京書籍）、教育音楽（音楽の友社）、音のゆうびん（カワイ出版）、教育技術（小学館）、THE CHORUS(教育芸術社)、新しい卒業式曲集（教育研究社）、合唱表現（東京電化）、クラスで歌うこどものうた（音楽センター）、その他に作品掲載。

合唱曲「大空へ飛べ」「オンザウィング」「地球のかぞく」「そんなSLあったらいいな」「あの宙より」「星の大地に」「たったひとつ」等がある。

詩集『空になりたい』『雲のひるね』（銀の鈴社）、『地球のかぞく』（群青社）、『きせきだよ』（本の泉社）等を出版。

㈳日本音楽著作権協会会員（JASRAC）。西東京市在住。

加藤真夢（かとう　まゆめ）
1951年　岩手県雫石に生まれる。祖父母の洋画家深沢省三・紅子の孫として育つ。
1981年　自由学園卒業後、武蔵野美術学園に油絵を学ぶ。
1989年　イタリア、ミラノでイタリア料理を学び、絵も描きつづける。
1990年　イタリア料理教室を開催。現在に至る。
2000年　鎌倉、軽井沢、青山にて個展。
『空になりたい』（石原一輝詩集・ジュニアポエム№101　銀の鈴社）、『地球は家族　ひとつだよ』（冨岡みち詩集・ジュニアポエム№247　銀の鈴社）。

NDC911
神奈川　銀の鈴社　2015
80頁　21cm（ぼくらのうた）

ジュニアポエムシリーズ　249　　2015年5月5日発行
本体1,600円＋税
ぼくらのうた
著　者　石原一輝©　詩　加藤真夢©絵
発行者　柴崎聡・西野真由美
編集発行　㈱銀の鈴社　TEL 0467-61-1930　FAX 0467-61-1931
〒248-0005　神奈川県鎌倉市雪ノ下3-8-33
http://www.ginsuzu.com
E-mail info@ginsuzu.com
ISBN978-4-87786-249-7 C8092　　印刷　電算印刷
落丁・乱丁本はお取り替え致します　　製本　渋谷文泉閣

…ジュニアポエムシリーズ…

1 鈴木敏史詩集・宮下琢郎絵　星の美しい村 ★☆
2 小池知子詩集・高志孝子絵　おにわいっぱいぼくのなまえ ★☆
3 鶴岡千代子詩集・武田淑子絵　白い虹 児文芸新人賞
4 楠木しげお詩集・久保雅勇絵　カワウソの帽子
5 津坂治男詩集・垣内美穂絵　大きくなったら ★
6 後藤れい子詩集・山本まつ子絵　あくたれぼうずのかぞえうた
7 北村蔦子詩集・柿本幸造絵　あかちんらくがき
8 吉田瑞穂詩集・吉田翠絵　しおまねきと少年 ★☒◎
9 新川和江詩集・葉祥明絵　野のまつり ★☆
10 阪田寛夫詩集・織茂恭子絵　夕方のにおい ★◈○☆
11 高田敏子詩集・若山憲絵　枯れ葉と星 ★☆
12 原田直友詩集・吉田翠絵　スイッチョの歌 ★◎
13 小林純一詩集・久保雅勇絵　茂作じいさん ★◉●☆◎
14 谷川俊太郎詩集・長新太絵　地球へのピクニック ★◎
15 与田準一詩集・深沢省三・深沢紅子絵　ゆめみることば ★
16 岸田衿子詩集・中谷千代子絵　だれもいそがない村
17 江間章子詩集・榊原直美絵　水と風 ◇◎
18 原田直友詩集・小野まり絵　虹―村の風景― ★
19 福田正夫詩集・福田達夫絵　星の輝く海 ★☆
20 草野心平詩集・長野ヒデ子絵　げんげと蛙 ★☆○◇
21 宮田滋子詩集・青木まさる絵　手紙のおうち ☆○
22 久保田昭三詩集・斎藤彬子絵　のはらでさきたい
23 鶴岡千代子詩集・加倉井和夫絵　白いクジャク ★●
24 尾上尚子詩集・まど・みちお絵　そらいろのビー玉 ★☆ 児文協新人賞
25 水上紅詩集・深沢紅子絵　私のすばる ☆
26 野呂昶詩集・福島二三絵　おとのかだん ★
27 こやま峰子詩集・武田淑子絵　さんかくじょうぎ ☆
28 青戸かいち詩集・駒宮録郎絵　ぞうの子だって
29 まきたかし詩集・福田達夫絵　いつか君の花咲くとき ★☆♡
30 薩摩忠詩集・駒宮録郎絵　まっかな秋 ★☆♡
31 新川和江詩集・福島二三絵　ヤァ！ヤナギの木 ★☆○♡
32 井上靖詩集・駒宮録郎絵　シリア沙漠の少年 ★☆♡
33 古村徹三詩・絵　笑いの神さま
34 江上波夫詩集・青空風太郎絵　ミスター人類 ○☆
35 秋原秀夫詩集・鈴木義治絵　風の記憶 ★◎
36 水村三千夫詩集・武田淑子絵　鳩を飛ばす
37 久冨純江詩集・渡辺安芸夫絵　風車 クッキングポエム
38 日野生三詩集・吉野晃希男絵　雲のスフィンクス ★
39 佐藤雅子詩集・佐藤太清・広瀬きよみ絵　五月の風 ★
40 小黒恵子詩集・武田淑子絵　モンキーパズル ★
41 木村信子詩集・山本典子絵　でていった
42 中野栄子詩集・吉田翠絵　風のうた ☆
43 宮田滋子詩集・牧村慶子絵　絵をかく夕日 ★
44 大久保ティ子詩集・渡辺安芸夫絵　はたけの詩 ★☆
45 秋原秀夫詩集・赤星亮衛絵　ちいさなともだち ♥

☆日本図書館協会選定
★全国学校図書館協議会選定（SLA）
□少年詩賞　■茨城県すいせん図書
○厚生省中央児童福祉審議会すいせん図書
●日本童謡賞　♧岡山県選定図書
♡日本子どもの本研究会選定
♥秋田県選定図書
♣愛媛県教育会すいせん図書
◇岩手県選定図書
◆京都府選定図書
☒芸術選奨文部大臣賞
◉赤い鳥文学賞　◈赤い靴賞

…ジュニアポエムシリーズ…

46 日友靖子詩集 藤城清治・安西明美・絵 猫曜日だから ◆☆
47 秋葉てる代詩集 武田淑子・絵 ハープムーンの夜に ♡
48 こやま峰子詩集 山本省三・絵 はじめのいーっぽ ★♡
49 黒柳啓子詩集 金子滋・絵 砂かけ狐 ♡
50 三枝ますみ詩集 武田淑子・絵 ピカソの絵 ☆♡●
51 夢虹二詩集 武田淑子・絵 とんぼの中にぼくがいる ♡○♥
52 はたちよしこ詩集 まど・みちお・絵 レモンの車輪 □♧
53 大岡信詩集 葉祥明・絵 朝の頌歌 ★☆♡♥◎
54 吉田瑞穂詩集 吉田翠・絵 オホーツク海の月 ★☆♡
55 さとう恭子詩集 村上保・絵 銀のしぶき ★☆♡
56 星乃ミミナ詩集 葉祥明・絵 星空の旅人 ★☆♡
57 葉祥明詩・絵 ありがとう そよ風 ★♡▲
58 青戸かいち詩集 初山滋・絵 双葉と風
59 小野ルミ詩集 和田誠・絵 ゆきふるるん ★☆●♡
60 なぐもはるき詩・絵 たったひとりの読者 ★♡♧

61 小関秀夫詩集 小倉玲子・絵 風《かざ》栞《しおり》 ★♡♥
62 海沼松世詩集 守下さおり・絵 かげろうのなか ☆♡
63 山本龍生詩集 小倉玲子・絵 春行き一番列車 ♡
64 小泉周二詩集 深沢省三・絵 こもりうた ★☆♡
65 かわてせいぞう詩集 若山憲・絵 野原のなかで ♡★♥
66 えぐちまき詩集 赤星亮衛・絵 ぞうのかばん ♡◆♥
67 池田あきつ詩集 小倉玲子・絵 天気雨 ♡
68 藤井則行詩集 君島美知子・絵 友へ ♡♤
69 藤哲生詩集 武田淑子・絵 秋いっぱい ★♠
70 日友靖子詩集 深沢紅子・絵 花天使を見ましたか ★
71 吉田瑞穂詩集 吉田翠・絵 はるおのかきの木 ★
72 小島禄琅詩集 中村陽子・絵 海を越えた蝶 ☆★♥♡
73 にしおまさこ詩集 杉田幸子・絵 あひるの子 ★
74 山下竹二詩集 徳田徳志芸・絵 レモンの木 ★
75 高崎乃理子詩集 奥山英俊・絵 おかあさんの庭 ★♡

76 檜きみこ詩集 広瀬弦・絵 しっぽいっぽん ★●□☆♡
77 たかはしけいこ詩集 高田三郎・絵 おかあさんのにおい ♡♣□
78 星乃ミミナ詩集 深澤邦朗・絵 花かんむり ♥☆♡
79 佐藤照雄詩集 津波信久・絵 沖縄 風と少年 ☆♡★
80 相馬梅子詩集 やなせたかし・絵 真珠のように ♥★
81 小島禄琅詩集 深沢紅子・絵 地球がすきだ ★
82 鈴木美智子詩集 黒澤梧郎・絵 龍のとぶ村 ◇★♥
83 いがらしれいこ詩集 高田三郎・絵 小さなてのひら ☆
84 宮入黎子詩集 小倉玲子・絵 春のトランペット ☆★
85 下田喜久美詩集 方振寧・絵 ルビーの空気をすいました ☆
86 野呂昶詩集 方振寧・絵 銀の矢ふれふれ ★
87 ちよはらまちこ詩集 ちよはらまちこ・絵 パリパリサラダ ★
88 秋原秀夫詩集 徳田徳志芸・絵 地球のうた ☆★
89 中島あやこ詩集 井上緑・絵 もうひとつの部屋 ★
90 藤川こうのすけ詩集 葉祥明・絵 こころインデックス ☆

✼サトウハチロー賞　✢毎日童謡賞
☼三木露風賞
♤福井県すいせん図書
▲神奈川県児童福祉審議会推薦優良図書
♠奈良県教育研究会すいせん図書
✧北海道選定図書　❀三越左千夫少年詩賞
◈静岡県すいせん図書
◎学校図書館図書整備協会選定図書（SLBA）

…ジュニアポエムシリーズ…

- 91 新井　和詩集／高田　三郎・絵　おばあちゃんの手紙　☆★
- 92 はなわたえこ詩集／えばとかつこ・絵　みずたまりのへんじ　★●
- 93 柏木恵美子詩集／武田　淑子・絵　花のなかの先生　☆
- 94 中原千津子詩集／寺内　直美・絵　鳩への手紙　★
- 95 高瀬美代子詩集／小倉　玲子・絵　仲なおり　★
- 96 杉本深由起詩集／若山　憲・絵　トマトのきぶん　☆★◎ 児文芸新人賞
- 97 宍倉さとし詩集／守下さおり・絵　海は青いとはかぎらない　♧
- 98 石井　英行詩集／有賀　忍・絵　おじいちゃんの友だち　■
- 99 なかのひろ詩集／アサト・シエラ・絵　とうさんのラブレター　☆★
- 100 小松　静江詩集／藤川　秀之・絵　古自転車のバットマン
- 101 石原　一輝詩集／加藤　真夢・絵　空になりたい　☆✣★
- 102 小泉　周二詩集／西　真里子・絵　誕生日の朝　☆■★
- 103 くすのきしげのり童謡／わたなべあきお・絵　いちにのさんかんび　☆★
- 104 成本　和子詩集／小倉　玲子・絵　生まれておいで　☆★✣♡♧
- 105 伊藤　政弘詩集／小倉　玲子・絵　心のかたちをした化石　★
- 106 川崎　洋子詩集／井戸　妙子・絵　ハンカチの木　□★☆
- 107 柘植　愛子詩集／油野　誠一・絵　はずかしがりやのコジュケイ　✣
- 108 新谷智恵子詩集／葉　祥明・絵　風をください　☆⊕☼●♡✢
- 109 金親　尚子詩集／牧　進・絵　あたたかな大地　☆
- 110 黒柳　啓子詩集／吉田　翠・絵　父ちゃんの足音　☆★♡□
- 111 富田　栄子詩集／油野　誠一・絵　にんじん笛　♡☆
- 112 原　国子詩集／高畠　純・絵　ゆうべのうちに　☆
- 113 宇部　京子詩集／スズキコージ・絵　よいお天気の日に　○□●☆◇★
- 114 武鹿　悦子詩集／牧野　鈴子・絵　お花見　☆□
- 115 山本なおこ詩集／梅田　俊作・絵　さりさりと雪の降る日　☆★
- 116 小林比呂古詩集／おおた慶文・絵　ねこのみち　☆
- 117 後藤れい子詩集／渡辺あきお・絵　どろんこアイスクリーム　☆
- 118 重清　良吉詩集／高田　三郎・絵　草の上　☆□֍◆★
- 119 宮中　雲子詩集／西　真里子・絵　どんな音がするでしょか　✲★
- 120 前山　敬子詩集／若山　憲・絵　のんびりくらげ　☆★
- 121 川端　律子詩集／若山　憲・絵　地球の星の上で　♡
- 122 たかはしけいこ詩集／織茂　恭子・絵　とうちゃん　♡֍♣★
- 123 宮田　滋子詩集／深澤　邦朗・絵　星の家族　☆●
- 124 国沢たまき詩集／唐沢　静・絵　新しい空がある
- 125 池田あきつ詩集／小倉　玲子・絵　かえるの国　★
- 126 黒田　恵子詩集／倉島千賀子・絵　ボクのすきなおばあちゃん　☆★♡
- 127 垣内　磯子詩集／宮崎　照代・絵　よなかのしまうまバス　☆♡★
- 128 小泉　周二詩集／佐藤　平八・絵　太陽へ　֍★●☆♡
- 129 中島　和子詩集／秋里　信子・絵　青い地球としゃぼんだま　☆★
- 130 のろさかん詩集／福島一二三・絵　天のたて琴　☆
- 131 加藤　丈夫詩集／葉　祥明・絵　ただ今受信中　☆★
- 132 北原　悠子詩集／深沢　紅子・絵　あなたがいるから　♡
- 133 池田もと子詩集／小倉　玲子・絵　おんぷになって　♡
- 134 鈴木　初江詩集／吉田　翠・絵　はねだしの百合　★
- 135 垣内　磯子詩集／今井　俊・絵　かなしいときには　★

△長野県教育委員会すいせん図書　✡㈶日本動物愛護協会推薦図書
◈茨城県推奨図書

…ジュニアポエムシリーズ…

136 秋葉てる代詩集 やなせたかし・絵 おかしのすきな魔法使い ●★
137 青戸かいち詩集 永田萠・絵 小さなさようなら ❀★
138 柏木恵美子詩集 高田三郎・絵 雨のシロホン ♡★
139 藤井則行詩集 阿見みどり・絵 春だから ♡★◎
140 黒田勲子詩集 山中冬二・絵 いのちのみちを
141 南郷芳明詩集 的場豊子・絵 花時計
142 やなせたかし 詩・絵 生きているってふしぎだな
143 内田麟太郎詩集 斎藤隆夫・絵 うみがわらっている
144 しまざきふみ詩集 島崎奈緒・絵 こねこのゆめ ♡
145 糸永えつこ詩集 武井武雄・絵 ふしぎの部屋から ♡
146 石坂きみこ詩集 鈴木英二・絵 風の中へ ♡
147 坂本のこ詩集 坂本こう・絵 ぼくの居場所 ♡
148 島村木綿子 詩・絵 森のたまご ❀
149 楠木しげお詩集 わたせせいぞう・絵 まみちゃんのネコ ★
150 牛尾良子詩集 上矢津・絵 おかあさんの気持ち ♡

151 三越左千夫詩集 阿見みどり・絵 せかいでいちばん大きなかがみ ★
152 水村三千夫詩集 高見八重子・絵 月と子ねずみ
153 川越文子詩集 横松桃子・絵 ぼくの一歩ふしぎだね ★
154 すずきゆかり詩集 葉祥明・絵 まっすぐ空へ
155 西田純詩集 葉祥明・絵 木の声 水の声
156 清野倭文子詩集 水科舞・絵 ちいさな秘《ひ》密《みつ》
157 川奈静詩集 直江みちる・絵 浜ひるがおはパラボラアンテナ ★◎
158 若木良水詩集 西真里子・絵 光と風の中で
159 牧陽子詩集 渡辺あきお・絵 ねこの詩 ★◎
160 宮田滋子詩集 阿見みどり・絵 愛一輪 ★◎
161 井上灯美子詩集 唐沢静・絵 ことばのくさり ☆●
162 滝波万理子詩集 滝波裕子・絵 みんな王《おう》様《さま》 ★●
163 冨岡みち詩集 関口コオ・絵 かぞえられへん せんぞさん ★
164 垣内磯子詩集 辻恵子・切り絵 緑色のライオン ★◎
165 すぎもとれいこ詩集 平井辰夫・絵 ちょっといいことあったとき ★

166 岡田喜代子詩集 おぐらひろかず・絵 千年の音 ★☆◎
167 川奈静詩集 直江みちる・絵 ひもの屋さんの空 ★◎☆♥♡
168 鶴岡千代子詩集 武田淑子・絵 白い花火 ★☆
169 井上灯美子詩集 唐沢静・絵 ちいさい空をノックノック ★◎☆
170 尾崎杏子詩集 ひなた山すじゅう郎・絵 海辺のほいくえん ☆♡★◎
171 柘植愛子詩集 やなせたかし・絵 たんぽぽ線路 ☆♡★◎●
172 小林比呂古詩集 うめざわのりお・絵 横須賀スケッチ ☆★◎♡▲
173 林佐知子詩集 串田敦子・絵 きょうという日 ☆★◎♡▲
174 後藤基宗子詩集 岡澤由紀子・絵 風とあくしゅ ☆♥★◎♡
175 土屋律子詩集 高瀬のぶえ・絵 るすばんカレー ☆♡★◎▲
176 三輪アイ子詩集 深沢邦朗・絵 かたぐるましてよ ★☆♡
177 田辺瑞美子詩集 西真里子・絵 地球賛歌 ☆★◎
178 高瀬美代子詩集 小倉玲子・絵 オカリナを吹く少女 ☆♡
179 中野恵子詩集 串田敦子・絵 コロポックルでておいで ★♡☆●
180 松井節子詩集 阿見みどり・絵 風が遊びにきている ★☆♡▲

…ジュニアポエムシリーズ…

181 新谷智恵子詩集 徳田徳志芸・絵 とびたいペンギン 佐世保文学賞 ♡★◎▲
182 牛尾良子詩集 牛尾征治・写真 庭のおしゃべり ♡★◎
183 三枝ますみ詩集 高見八重子・絵 サバンナの子守歌 ☆★
184 佐藤雅子詩集 佐藤太清・菊池治子・絵 空の牧《まき》場《ば》 ☆★♡■◎◈
185 山内弘子詩集 おぐらひろかず・絵 思い出のポケット ♡★●
186 山内弘子詩集 阿見みどり・絵 花の旅人 ♡★▲
187 原国子詩集 牧野鈴子・絵 小鳥のしらせ ♡★△◎
188 人見敬子詩・絵 方《はこ》舟《ぶね》地球号 —いのちは元気— ♡★◎
189 林佐知子詩集 串田敦子・絵 天にまっすぐ ★☆♡◎
190 小臣富子詩集 渡辺あきお・絵 わんさかわんさかどうぶつさん ✡♡★◎
191 川越文子詩集 かまだちえみ・写真 もうすぐだからね ♡★◎
192 永田喜久男詩集 武田淑子・絵 はんぶんごっこ ☆★◎♡
193 吉田房子詩集 大和田明代・絵 大地はすごい ★◎♡
194 石井春香詩集 高見八重子・絵 人魚の祈り ★♡
195 石原一輝詩集 小倉玲子・絵 雲のひるね ♡

196 たかはしけいこ詩集 高橋敏彦・絵 そのあと ひとは ★
197 宮田滋子詩集 おおた慶文・絵 風がふく日のお星さま ★♡◎
198 渡辺恵美子詩集 つるみゆき・絵 空をひとりじめ ★♡●
199 宮中雲子詩集 西真里子・絵 手と手のうた ★
200 杉本深由起詩集 太田大八・絵 漢字のかんじ ★♡
201 井上灯美子詩集 唐沢静・絵 心の窓が目だったら ★♡
202 峰松晶子詩集 おおた慶文・絵 きばなコスモスの道 ★♡
203 高橋文子詩集 山中桃子・絵 八丈太鼓 ★♡
204 長野貴子詩集 武田淑子・絵 星座の散歩 ★♡
205 江口正子詩集 高見八重子・絵 水の勇気 ♡☆★
206 藤本美智子詩・絵 緑のふんすい ☆♡★
207 林佐知子詩集 串田敦子・絵 春はどどど ♡★◎
208 小関秀夫詩集 阿見みどり・絵 風のほとり ☆♡★
209 宗美津子詩集 宗信寛・絵 きたのもりのシマフクロウ ♡★
210 かわてせいぞう詩集 高橋敏彦・絵 流れのある風景 ☆♡★

211 土屋律子詩集 高瀬のぶえ・絵 ただいまぁ ★♡☆◎
212 永田喜久男詩集 武田淑子・絵 かえっておいで ☆♡★
213 みたみちこ詩集 牧進・絵 いのちの色 ♡★
214 糸永えつこ詩集 糸永わかこ・絵 母です 息子です おかまいなく ♡☆★
215 宮田滋子詩集 武田淑子・絵 さくらが走る ♡☆★●
216 柏木恵美子詩集 吉野晃希男・絵 ひとりぼっちの子クジラ ♡★◎
217 江口正子詩集 高見八重子・絵 小さな勇気 ♡☆★
218 井上灯美子詩集 唐沢静・絵 いろのエンゼル ★♡
219 中島あやこ詩集 日向山寿十郎・絵 駅伝競走 ★☆♡
220 高橋孝治詩集 高見八重子・絵 空の道 心の道 ★♡
221 江口正子詩集 日向山寿十郎・絵 勇気の子 ♡☆★
222 宮田滋子詩集 牧野鈴子・絵 白鳥よ ☆★
223 井上良子詩集 銅版画 太陽の指環 ★
224 川越文子詩集 山中桃子・絵 魔法のことば ♡☆★
225 西本みさこ詩集 上司かのん・絵 いつもいっしょ ☆♡

…ジュニアポエムシリーズ…

226 おばらいちこ詩集 高見八重子・絵 ぞうのジャンボ ☆★♡
227 吉田房子詩集 本田あまね・絵 まわしてみたい石臼 ★♡
228 吉田房子詩集 阿見みどり・絵 花 詩 集 ★♡◎
229 田中たみ子詩集 唐沢静・絵 へこたれんよ ★◎
230 林佐知子詩集 串田敦子・絵 この空につながる ★♡
231 藤本美智子 詩・絵 心のふうせん ★♡
232 火星雅範詩集 西川律子・絵 ささぶねうかべたよ ★♡▲
233 吉田房子詩集 岸田歌子・絵 ゆりかごのうた ★♡
234 むらかみみちこ詩集 むらかみみちこ むらかみあくる・絵 風のゆうびんやさん ★♡
235 白谷玲花詩集 阿見みどり・絵 柳川白秋めぐりの詩 ★♡
236 ほさかとしこ詩集 内山つとむ・絵 神さまと小鳥 ★☆♡
237 内田麟太郎詩集 長野ヒデ子・絵 まぜごはん ☆★◎♡
238 小林比呂古詩集 出口雄大・絵 きりりと一直線 ♡★
239 牛尾良子詩集 おぐらひろかず・絵 うしの土鈴とうさぎの土鈴 ★◎♡
240 山本純子詩集 ルイコ・絵 ふ ふ ふ ★♡☆◎

241 神田亮 詩・絵 天使の翼 ★☆♡
242 かんざわみえ詩集 阿見みどり・絵 子供の心大人の心さ迷いながら ☆★◎
243 永田喜久男詩集 内山つとむ・絵 つながっていく ★☆♡
244 浜野木碧 詩・絵 海原散歩 ☆★◎♡
245 やまうち・しゅうへい詩集 山本省三・絵 風のおくりもの ☆★◎♡
246 すぎもとれいこ 詩・絵 てんきになあれ
247 冨岡みち詩集 加藤真夢・絵 地球は家族 ひとつだよ
248 北野千賀詩集 滝波裕子・絵 花束のように
249 石原一輝詩集 加藤真夢・絵 ぼくらのうた
250 土屋律子詩集 高瀬のぶえ・絵 まほうのくつ

＊刊行の順番はシリーズ番号と異なる場合があります。

ジュニアポエムシリーズは、子どもにもわかる言葉で真実の世界をうたう個人詩集のシリーズです。

本シリーズからは、毎回多くの作品が教科書等の掲載詩に選ばれており、1975年以来、全国の小・中学校の図書館や公共図書館等で、長く、広く、読み継がれています。

心を育むポエムの世界。

一人でも多くの子どもや大人に豊かなポエムの世界が届くよう、ジュニアポエムシリーズはこれからも小さな灯をともし続けて参ります。

銀の小箱シリーズ

葉 祥明 詩・絵　小さな庭

若山 憲 詩・絵　白い煙突

こばやしひろこ・詩　うめざわのりお・絵　みんななかよし

江口 正子・詩　油野 誠一・絵　みてみたい

やなせたかし 詩・絵　あこがれよなかよくしよう

冨岡 みち・詩　関口 コオ・絵　ないしょやで

小林比呂古・詩　神谷 健雄・絵　花かたみ

小泉 周二・詩　辻 友紀子・絵　誕生日・おめでとう

柏原 耿子・詩　阿見みどり・絵　アハハ・ウフフ・オホホ★♡▲

こばやしひろこ・詩　うめざわのりお・絵　ジャムパンみたいなお月さま★

すずのねえほん

たかはしけいこ・詩　中釜浩一郎・絵　わたし★◎

尾上 尚子・詩　小倉 玲子・絵　ぽわぽわん

糸永えつこ・詩　高見八重子・絵　はるなつあきふゆもうひとつ★児文芸新人賞

山口 敦子・詩　高橋 宏幸・絵　ばあばとあそぼう

あらい・まさはる・童謡　しのはらはれみ・絵　けさいちばんのおはようさん

佐藤 雅子・詩　佐藤 太清・絵　こもりうたのように●日本童謡賞　美しい日本の12ヵ月

柏木 隆雄・詩　やなせたかし他・絵　かんさつ日記★♡

アンソロジー

渡辺 浦人・編　村上 保・絵　赤い鳥 青い鳥●

わたげの会・編　渡辺あきお・絵　花ひらく★

木曜会・編　西 真里子・絵　いまも星はでている★

木曜会・編　西 真里子・絵　いったりきたり♡

木曜会・編　西 真里子・絵　宇宙からのメッセージ

木曜会・編　西 真里子・絵　地球のキャッチボール★◎

木曜会・編　西 真里子・絵　おにぎりとんがった☆★◎

木曜会・編　西 真里子・絵　みぃーつけた♡★◎

木曜会・編　西 真里子・絵　ドキドキがとまらない

木曜会・編　西 真里子・絵　神さまのお通り★

木曜会・編　西 真里子・絵　公園の日だまりで★

掌の本　アンソロジー

こころの詩 I
しぜんの詩 I
いのちの詩 I
ありがとうの詩 I
詩集　希望
詩集　家族
いのちの詩集―いきものと野菜
ことばの詩集―方言と手紙
詩集―夢・おめでとう
詩集―ふるさと・旅立ち

心に残る本を　そっとポケットに　しのばせて…
・A7判（文庫本の半分サイズ）　・上製、箔押し